*Nicolás Guillén. **Por el Mar de las Antillas anda un barco de papel***

NICOLAS

GUILLEN

POR EL MAR
DE LAS ANTILLAS
ANDA UN BARCO
DE PAPEL

Ilustraciones de
Horacio Elena

LOGUEZ
EDICIONES

Un son para niños antillanos

Por el mar de las Antillas
anda un barco de papel:
anda y anda el barco barco,
sin timonel.

De la Habana a Portobelo,
de Jamaica a Trinidad,
anda y anda el barco barco,
sin capitán.

Una negra va en la popa,
va en la proa un español:
anda y anda el barco barco,
con ellos dos.

Pasan islas, islas, islas,
muchas islas, siempre más:
anda y anda el barco barco,
sin descansar.

Un cañón de chocolate
contra el barco disparó,
y un cañón de azúcar, zúcar
le contestó.

¡Ay, mi barco marinero,
con su casco de papel!
¡Ay, mi barco negro y blanco
sin timonel!

Allá va la negra negra,
junto junto al español:
anda y anda el barco barco,
con ellos dos.

Suave amiguito...

Suave amiguito que a la vida vienes,
césped hollando con tus pies desnudos,
ven y comparte tu inocente goce,
juega conmigo.

Sapito y Sapón

Sapito y Sapón
son dos muchachitos
de buen corazón.
El uno, bonito,
el otro, feón;
el uno, callado,
el otro, gritón;
y están con nosotros
en esta ocasión
comiendo malanga,
casabe y lechón.

¿Qué tienes, Sapito,
que estás tan tristón?
Madrina, me duele
la boca, un pulmón,
la frente, un zapato
y hasta el pantalón,
por lo que me gusta
su prima Asunción.
                         (¡Niño!)

¿Y a ti, qué te pasa?
¿Qué tienes, Sapón?
Madrina, me duele
todo el esternón,
la quinta costilla
y hasta mi bastón,
pues sé que a Sapito
le sobra razón.
                         (¡Pero niño!)

Sapito y Sapón
son dos muchachitos
de buen corazón.

Viaje de Sapito y Sapón

Sapito y Sapón,
con cuatro maracas
y un solo bongó,
van desde Quimbumbia
hasta Quimbombó
en un avioncito
de medio motor.
Altura: dos metros.
El clima: calor.
Pilotos: Sapito.
Sapito y Sapón.

En el alto cielo
brillando está el sol.
(Un plato de vidrio
que en el comedor
la tía Rosario
dejó por error).
Después la sopera
de Doña Margot
lanzando columnas
de ardiente vapor,
lago en cuyas ondas
Luzbel se bañó;
y el derrocadero
del Gran Tenedor,
y el pico Cuchillo
(que hoy dicen Maslov
por el sabio ruso
que lo retrató),
y la cucharona
vulgo cucharón,
y diez cucharitas
y un tirabuzón...

¡Cuántos animales
de aspecto feroz,
cubiertos de salsa,
de salsa y arroz!
De pronto se oye:
"¡Aquí, Quimbombó!",
y el pájaro lindo
que tanto voló,
ya llega, ya llega,
ya llega... ¡Llegó!

Al siguiente día
y en un carretón,
a pasear nos fuimos
por la población.
¡Qué calles más rectas
las de Quimbombó!
Muy bien empedradas
con cuescos de anón
sujetos con pasta
de blanco almidón.
¡Qué limpias las casas,
hechas de algodón,
todas de dos pisos,
todas con balcón,
y qué mar bravío
de tabaco y ron,
con olas unidas
en una canción!

¡Qué gentes más finas
las de Quimbombó!
Nos dieron boniato,
nos dieron frijol,
plátanos manzanos,
naranja y limón,
y (acaso por miedo
de una indigestión)
un solo confite
y un solo bombón.
Cuando de partir
la hora llegó,
ya en el aeropuerto,
(¡con aquel calor!),
nos acompañaron
hasta nuestro avión,
el mismo avioncito
de medio motor,
que nos trajo un día
hasta Quimbombó.

Por el alto río...

Por el alto río,
por la bajamar,
Sapito y Sapón
se han ido a jugar.

En una barquita
de plata y cristal,
ayer por la tarde
los vieron pasar
con Pedro Gorgojo,
con Pancho Pulgar,
con Juan Ropavieja
y Aurora Boreal.
¡Qué suave era el viento,
qué azul era el mar,
qué blancas las nubes
en lento vagar,
qué alegres las islas
de rojo coral!

Por el alto río,
por la bajamar,
Sapito y Sapón
se han ido a jugar.

Función

Escrito en un cartelón,
(y por cierto bien escrito),
hay este anuncio:

Sapón

esta noche con

Sapito

en una misma función.

Al día siguiente:
Ayer no hubo función,
porque se enfermó Sapito
y fue a curarlo Sapón.

(Nota puesta por escrito
en el mismo cartelón).

Adivinanzas y Canciones

¿Quién eres tú?

En un lugar de este monte,
cuando yo era pequeñito,
encontré un camaroncito
hablando con un sinsonte.
¿Quién eres tú?
Yo soy el Diablo Cojuelo.
¿Quién eres tú?
Yo soy la estrella y la nube.
¿Quién eres tú?
Yo soy el viento que pasa.
¿Quién eres tú?
Yo soy el güije del río.
¿Quién eres tú?
Yo soy la yerba temblando
de miedo bajo el rocío...

Dos venaditos...

Dos venaditos que se encontraron,
buenos amigos los dos quedaron;
grandes amigos los dos quedaron,
dos venaditos que se encontraron.

Los cazadores que los persiguen
no los alcanzan, aunque los siguen,
pues nada pueden, aunque los siguen,
los cazadores que los persiguen.

¡Qué mundo tan feliz!

Tema para un programa
infantil de televisión

Queridos muchachitos,
me llamo Colibrí;
mi amiga es Azucena,
y mi amigo Jazmín.

La vida empieza ahora,
¡qué alegre es el vivir!
¿Tocas la pandereta?
Yo toco el cornetín.

En Cuba un mundo nace,
un mundo libre al fin.
Un mundo sin esclavos...
¡Qué mundo tan feliz!

Que te corta corta

¡Qué cola tan larga
tiene este ratón!
Corta, corta, corta...
¿Quién se la cortó?

¡Qué pico tan grande
tiene este tucán!
Corta, corta, corta...
¿Quién lo cortará?

¡Qué rabo tan gordo
tiene este león!
Corta, corta, corta...
¿Quién se lo cortó?

¡Qué carne tan dura
tiene este caimán!
Corta, corta, corta...
¿Quién la cortará?

A la corta, corta,
y a la corta va,
corta que te corta,
que te cortará.

¿Quién?

¿Quién quiere aceituna,
quién quiere melón,
cañutos de caña,
sopa de pichón?

—¡Yo, yo, yo!

Pues que baile un son.

¿Quieres tú la estrella
que anoche encendí,
y una mariposa
de hierro y marfil?

—¡Sí, sí, sí!

Pues que baile aquí.

Muela de cangrejo,
verde platanal,
heridas de amor
nunca sanarán.

Barcarola

El mar con sus ondas mece
la barca, mece
la barca junto a la costa
brava, la mece
el mar.

Del hondo cielo la noche
cae, la noche
con su gran velo flotando
cae la noche
al mar!

El pajarillo

Un pajarillo en la umbría
canta saludando el día.
¿Quién es, quién es el cantor?
—¿El pitirre?

       —No, señor.

—¿El tomeguín?

       —No, señor.

—¿El negrito?

       —No, señor.

En lo profundo del monte,
en lo negro de la umbría,
canta un pajarillo el día.
¿Cómo se llama?

       —Sinsonte.

—Sí, señor.

Granma

¡Oh, Granma, tu nombre invoco!
Me acerco suavemente.
Tu frente toco.

Volar

(Canción a dos voces)

1.ª voz

¿Qué quiere el sinsonte alado,
de parda pluma vestido,
sino cantar y cantar?

2.ª voz

Ay, quiere más el cuitado
en esa prisión metido:
volar, volar y volar.

Canción

¡Qué triste es la vida
de aquel que no ve!
No ve la guitarra,
no ve la mujer,

ni el gorrión que huye
cuando va a llover,
ni la lagartija
sobre la pared.

Primavera

Mi prima Vera venía
por marzo, en la Primavera.
Mi jardín la recibía,
al tiempo que le decía:
—Bienvenida, prima Vera.

Mi prima Vera tenía
muy negra la cabellera
y la mirada fulgía
como una hoguera.

Ayer mi ensueño pedía:
—Vuelve, vuelve, Primavera...
Mas nadie me respondía.

Ahora gritaré al Verano:
¿No tienes calor, hermano?

Al Otoño le diré:
¿Qué por fin es lo de usté?

Y al Invierno oscuro y frío:
¡Diciembre no es un mes mío!

Oh, ven pronto, Primavera:
Mi prima Vera te espera.

Vaya, vaya pues...

Primavera fría
no quiero tener.
Los hielos de marzo
me queman la piel.
¡Vaya, vaya, vaya,
vaya, vaya pues!

¿Dónde está mi rosa,
dónde mi clavel?
Por diverso rumbo
cada cual se fue.
Vaya, vaya, vaya,
vaya, vaya pues.

Tan lejos partieron
que no se les ve:
mi rosa, a la Luna,
al Sol, mi clavel.

Vaya, vaya, vaya,
vaya, vaya pues.

Canción

Dice el Marqués de la Aldaba
que si estás brava con él.
—¿Qué me ha traído?
                    —Guayaba.

(Y yo quiero canistel).

—Dice el Duque de la Mocha
que está otra vez por aquí.
—¿Qué me ha traído?
                    —Melcocha.

(Y yo quiero ajonjolí).

La luna, linda doncella,
de nubes cercada está.
—¿Qué te ha pedido?
                    —Una estrella.

(Dile que ahora mismo va).

Frío y sueño

La muchacha de rostro aguileño
tiene frío y sueño.
Aquel joven que mira al pasar,
gustaría poder saludar.
Tiene frío y sueño.
Es un joven que mira al pasar
y no puede algo más que mirar,
tiene frío y sueño.

Adivinanza

Millares de soldaditos
van unidos a la guerra;
todos arrojan sus lanzas,
que caen de punta en la tierra.

—LA LLUVIA

Adivinanza

Una serpiente que pasa
y no me deja pasar;
pasando es como se queda,
¿No sabes tú quién será?

—EL RÍO

Adivinanza

Un animal que no cesa
de comer y de gritar;
siempre está pidiendo agua,
pues come con mucha sal.

—EL MAR

Adivinanza

Con un acento en la é,
es documento preciado:

—Carné;

y alimento muy buscado,
aunque sin acento esté:

—Carne.

Adivinanza

Aunque parezca rareza
lo cierto es que este señor
golpea con la cabeza
sin que le cause dolor.

—EL MARTILLO

Adivinanza

No es enemiga de la caña,
aunque cortarla es lo primero.
Manéjala con fuerza y maña.
Serás amigo de su acero.

—LA MOCHA

Elefante

Si sabiamente se le guía
hacia una cristalería,
no hay cristal que no rompa
el amigo elefante con su trompa.

Paloma linda

La paloma linda,
que volando va,
no sabremos nunca
donde detendrá
su vuelo, mojará
su pico,
beberá.

Ven, paloma linda,
que volando vas,
ven, para que sepas
donde detendrás
tu vuelo, mojarás
tu pico,
beberás.

Oh mi palomita,
que volando vas,
en mi pecho cabes,
aquí detendrás
tu vuelo, mojarás
tu pico,
vivirás.

Agueda del Ecuador

Para Agueda, nieta de
Benjamín Carrión.

Agueda, del Ecuador
mándame una flor dorada,
y en una nube, pintada
un ala de ruiseñor.
—Sí, señor.

Junto a la dorada flor
mándame en un sólo trazo
la cumbre del Chimborazo,
la nieve y su resplandor.
—Sí, señor.

Guayaquil con su calor,
Quito en su montaña pura
y la selva y la llanura,
mándamelos, por favor.
—Sí, señor.

Pero quisiera mejor,
Agueda, que todo eso,
que me mandaras un beso,
un beso del Ecuador.
—Sí, señor.

Remite:
Agueda del Ecuador

Caña

Caña, perseguida nube,
de duras lágrimas hecha,
verde y afilada flecha
que hacia el Sol se empina y sube:
Ayer llorándote estuve
una dolida canción;
pero hoy ya tu corazón
su libre sangre levanta
y ardiendo en tu pecho canta
cantos de Revolución.

Tando

Pasó una ardilla cantando,
pasó una ardilla corriendo.
Tando, tando, tando, tando.
Tando, que me estoy muriendo.
Tando.

El río pasó corriendo,
corriendo pasó y cantando.
Tando, tando, tando, tando.
Tando, que me estoy muriendo.
Tando.

Nada digo aquí corriendo,
y nada digo cantando.
Sólo tando, tando, tando.
Tando, que me estoy muriendo.

Tando.

¡Adelante el elefante!

¡Adelante,
que baile el elefante
en las dos patas de alante!

No puedo, señor domador,
en las patas de atrás es mejor.

¿Quién se lo dijo, señor?

Me lo dijo Elena,
cuando se fue a la verbena.

Me lo dijo Pancha,
cuando se fue de cumbancha.

Me lo dijo Don Pedro Borbón,
comiendo melón.

¡Que baile un danzón
Don Pedro Borbón.
Que baile una samba
Don Pedro Caramba.
Que baile una rumba
Don Pedro Turumba!

¿No lo ves?
Lo verás.

¡A las dos, a las dos, a las tres,
a las tres, a las tres y no más!

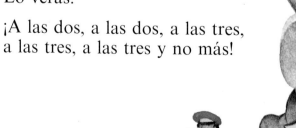

Fábula

El viejo mono
dijo al monito:
—Vámonos, demos
un paseíto;
de estar colgado
me siento ahíto.
Pero en respuesta
dijo el monito:
—Yo tengo miedo,
pues por poquito
el otro día
me dejan frito
cuatro caimanes
y dos mosquitos,
sin que pudiera
lanzar un grito,
pedir socorro,
tocar un pito.

El viejo mono
dice al monito,
(no sin mirarlo
de hito en hito):
—De los cobardes
nada se ha escrito.

¿No te avergüenza,
lindo amiguito,
coger los mangos
siempre bajitos,
sin pena o riesgo,
sin un tirito?

—¿Y si me matan?
(gime el monito)
—Pues si te matan,
ya estaba escrito.
—¿Y si me prenden?
—Será un ratito.
—¿Y si me hieren?
—Un pinchacito...

Después de hablado
todo lo escrito,
miren que miren,
ahí va el monito,
con más candela
que un aerolito,
canta que canta,
ya no bajito.

El bosque es suyo...
¡Mas cuidadito!,
hay otros monos
y otros monitos,
que no se pueden
quedar solitos.

MORALEJA:

Luego de lo leído,
claro habrás comprendido
que en materia de monos y de gentes,
sólo pueden triunfar los más valientes.

Indice

Quinta edición

© Nicolás Guillén
© De esta edición: Lóguez Ediciones.
   Ctra. de Madrid, 90. 37900 Santa Marta de Tormes (Salamanca)

ISBN: 84-85334-32-9
Depósito Legal: S. 1.159-2002

Imprime: Gráficas VARONA S.A.
           Polígono «El Montalvo», parcela 49
           37008 Salamanca